« Soupir ! cet endroit ne me plaît pas ! Il n'y pousse que des cailloux…
Partons ! »

«Dis, Mariette, qu'est-ce que cela veut dire déjà, quand maman siffle ? »
« Soupir, tu as une mémoire de musaraigne ! Il y a les coups courts et les coups longs.
Un coup court, chute de pierres, deux coups courts, chute de neige, trois coups courts… »

La grande peur
de Mariette et Soupir

ISBN 978-2-211-02060-2
Première édition dans la collection *lutin poche*: mars 1987
© 1985, l'école des loisirs, Paris
Loi numéro 49 956 du 16 juillet 1949 sur les publications
destinées à la jeunesse: septembre 1985
Dépôt légal: février 2013
Imprimé en France par I.M.E. à Baume-les-Dames

Irène Schwartz

La grande peur
de Mariette et Soupir

illustré par Frédéric Stehr

lutin poche de l'école des loisirs
11, rue de Sèvres, Paris 6ᵉ

« Quatre coucous, cinq coucous… Pfff… Je ne me souviendrai jamais de tout ça !
En tout cas, elle a sifflé… »

« Qu'as-tu dit ? »
« J'ai dit : maman a sifflé. Deux fois. »

« Pas si vite, Mariette, je vais tomber ! »
« C'est épouvantable, Soupir ! Avec tous ces oiseaux qui chantent,
je n'ai rien entendu ! »

« Trop tard ! »

« Va-t'en renard ! Ne touche pas à mon frère ! »

« Au secours ! Soupir, vite, cachons-nous là-dessous ! »

« As-tu peur Soupir ? »
« Et toi, Mariette ? »

« Non, pas-pas du tout, et toi ? »
« Non, moi-moi non plus. Nous sommes très cou-courageuses. »

« J'ai froid. J'ai les pattes gelées. Et toi ? »
« Moi, j'ai chaud. Je suis tout mouillé. Comme le jour où j'ai failli mourir
parce que j'avais mangé des fleurs jaunes. »

«Mariette ! Soupir ! Mes enfants ! Il faut partir tout de suite ! »
«Maman ! Nous avons eu si peur ! Ce renard était un monstre… »

«Mais non ! Ce n'était qu'un renardeau, un bébé… J'ai sifflé à cause
de l'aigle ! Vite ! Dans mes bras ! Il commence à descendre vers la terre… »

« … Encore quatre pas… »

« Vite, vite, au fond… »

« Mais lâche-le ! Soupir ! Lâche-le ! »

« Où est mon chiffon ? »
« Hélas, je crois que l'aigle l'a emporté… »
« Je vais pleurer ! »

« Soupir, sois raisonnable… Nous sommes sauvés ! Et, sans ton chiffon, c'est toi que l'aigle emportait dans ses serres ! »

« Soupir, Mariette ! Vous pouvez sortir jouer, le danger a disparu. »
« Moi je suis triste. Je n'ai plus de chiffon. Tout le monde est méchant. »

« Ne pleure pas, Soupir. Nous chercherons tous les trois quelque chose
pour remplacer ton chiffon. Nous irons demain. C'est promis ! »